I0583060

Jean Genet

Les Bonnes

Marc Barbezat-L'Arbalète

COMMENT JOUER « LES BONNES »

Furtif. C'est le mot qui s'impose d'abord. Le jeu théâtral des deux actrices figurant les deux bonnes doit être furtif. Ce n'est pas que des fenêtres ouvertes ou des cloisons trop minces laisseraient les voisins entendre des mots qu'on ne prononce que dans une alcôve, ce n'est pas non plus ce qu'il y a d'inavouable dans leurs propos qui exige ce jeu, révélant une psychologie perturbée : le jeu sera furtif afin qu'une phraséologie trop pesante s'allège et passe la rampe. Les actrices retiendront donc leurs gestes, chacun étant comme suspendu, ou cassé. Chaque geste suspendra les actrices. Il serait bien qu'à certains moments elles marchent sur la pointe des pieds, après avoir enlevé un ou les deux souliers qu'elles porteront à la main, avec précaution, qu'elles le posent sur un meuble sans rien cogner — non pour ne pas être entendues des voisins d'en dessous, mais parce que ce geste est dans le ton. Quelquefois, les voix aussi seront comme suspendues et cassées.

Ces deux bonnes ne sont pas des garces : elles ont vieilli, elles ont maigri dans la douceur de Madame. Il

ne faut pas qu'elles soient jolies, que leur beauté soit
donnée aux spectateurs dès le lever du rideau, mais il
faut que tout au long de la soirée on les voie embellir
jusqu'à la dernière seconde. Leur visage, au début, est
donc marqué de rides aussi subtiles que les gestes ou
qu'un de leurs cheveux. Elles n'ont ni cul ni seins
provocants : elles pourraient enseigner la piété dans
une institution chrétienne. Leur œil est pur, très pur,
puisque tous les soirs elles se masturbent et déchargent
en vrac, l'une dans l'autre, leur haine de Madame.
Elles toucheront aux objets du décor comme on feint de
croire qu'une jeune fille cueille une branche fleurie.
Leur teint est pâle, plein de charme. Elles sont donc
fanées, mais avec élégance ! Elles n'ont pas pourri.

Pourtant, il faudra bien que de la pourriture
apparaisse : moins quand elles crachent leur rage que
dans leurs accès de tendresse.

Les actrices ne doivent pas monter sur la scène avec
leur érotisme naturel, imiter les dames de cinéma.
L'érotisme individuel, au théâtre, ravale la représen-
tation. Les actrices sont donc priées, comme disent les
Grecs, de ne pas poser leur con sur la table.

Je n'ai pas besoin d'insister sur les passages « joués »
et les passages sincères : on saura les repérer, au besoin
les inventer.

Quant aux passages soi-disant « poétiques », ils
seront dits comme une évidence, comme lorsqu'un
chauffeur de taxi parisien invente sur-le-champ une

métaphore argotique : elle va de soi. Elle s'énonce comme le résultat d'une opération mathématique : sans chaleur particulière. La dire même un peu plus froidement que le reste.

L'unité du récit naîtra non de la monotonie du jeu, mais d'une harmonie entre les parties très diverses, très diversement jouées. Peut-être le metteur en scène devra-t-il laisser apparaître ce qui était en moi alors que j'écrivais la pièce, ou qui me manquait si fort : une certaine bonhomie, car il s'agit d'un conte.

« Madame », il ne faut pas l'outrer dans la caricature. Elle ne sait pas jusqu'à quel point elle est bête, à quel point elle joue un rôle, mais quelle actrice le sait davantage, même quand elle se torche le cul?

Ces dames — les Bonnes et Madame — déconnent? Comme moi chaque matin devant la glace quand je me rase, ou la nuit quand je m'emmerde, ou dans un bois quand je me crois seul : c'est un conte, c'est-à-dire une forme de récit allégorique qui avait peut-être pour premier but, quand je l'écrivais, de me dégoûter de moi-même en indiquant et en refusant d'indiquer qui j'étais, le but second d'établir une espèce de malaise dans la salle... Un conte... Il faut à la fois y croire et refuser d'y croire, mais afin qu'on y puisse croire il faut que les actrices ne jouent pas selon un mode réaliste.

Sacrées ou non, ces bonnes sont des monstres, comme nous-mêmes quand nous nous rêvons ceci ou cela. Sans *pouvoir dire au juste ce qu'est le théâtre, je sais ce que je lui refuse d'être : la description de gestes quotidiens vus de l'extérieur : je vais au théâtre afin de me voir, sur la scène (restitué en un seul personnage ou à l'aide d'un personnage multiple et sous forme de conte) tel que je ne saurais — ou n'oserais — me voir ou me rêver, et tel pourtant que je me sais être. Les comédiens ont donc pour fonction d'endosser des gestes et des accoutrements qui leur permettront de me montrer à moi-même, et de me montrer nu, dans la solitude et son allégresse.*

Une chose doit être écrite : il ne s'agit pas d'un plaidoyer sur le sort des domestiques. Je suppose qu'il existe un syndicat des gens de maison — cela ne nous regarde pas.

Lors de la création de cette pièce, un critique théâtral faisait la remarque que les bonnes véritables ne parlent pas comme celles de ma pièce : qu'en savez-vous? Je prétends le contraire, car si j'étais bonne je parlerais comme elles. Certains soirs.

Car les Bonnes ne parlent ainsi que certains soirs : il faut les surprendre, soit dans leur solitude, soit dans celle de chacun de nous.

Le décor des Bonnes. Il s'agit, simplement, de la chambre à coucher d'une dame un peu cocotte et un peu bourgeoise. Si la pièce est représentée en France, le lit sera capitonné — elle a tout de même des domestiques — mais discrètement. *Si la pièce est jouée en Espagne, en Scandinavie, en Russie, la chambre doit varier. Les robes, pourtant, seront extravagantes, ne relevant d'aucune mode, d'aucune époque. Il est possible que les deux bonnes déforment, monstrueusement, pour leur jeu, les robes de Madame, en ajoutant de fausses traînes, de faux jabots, les fleurs seront des fleurs réelles, le lit un vrai lit. Le metteur en scène doit comprendre, car je ne peux tout de même pas tout expliquer, pourquoi la chambre doit être la copie à peu près exacte d'une chambre féminine, les fleurs vraies, mais les robes monstrueuses et le jeu des actrices un peu titubant.*

Et si l'on veut représenter cette pièce à Épidaure ? Il suffirait qu'avant le début de la pièce les trois actrices viennent sur la scène et se mettent d'accord, sous les yeux des spectateurs, sur les recoins auxquels elles donneront les noms de : lit, fenêtre, penderie, porte, coiffeuse, etc. Puis qu'elles disparaissent, pour réapparaître ensuite selon l'ordre assigné par l'auteur.

Les Bonnes

La chambre de Madame. Meubles Louis XV.
Au fond, une fenêtre ouverte sur la façade de
l'immeuble en face. A droite, le lit. A gauche, une
porte et une commode. Des fleurs à profusion.
C'est le soir. L'actrice qui joue Solange est vêtue
d'une petite robe noire de domestique. Sur une
chaise, une autre petite robe noire, des bas de fil
noirs, une paire de souliers noirs à talons plats.

CLAIRE, *debout, en combinaison,*
tournant le dos à la coiffeuse.
Son geste — le bras tendu — et le ton
seront d'un tragique exaspéré.

Et ces gants! Ces éternels gants! Je t'ai dit
souvent de les laisser à la cuisine. C'est avec ça,
sans doute, que tu espères séduire le laitier.
Non, non, ne mens pas, c'est inutile. Pends-les

au-dessus de l'évier. Quand comprendras-tu
que cette chambre ne doit pas être souillée?
Tout, mais tout! ce qui vient de la cuisine est
crachat. Sors. Et remporte tes crachats! Mais
cesse!

> *Pendant cette tirade, Solange jouait avec*
> *une paire de gants de caoutchouc, observant*
> *ses mains gantées, tantôt en bouquet, tantôt*
> *en éventail.*

Ne te gêne pas, fais ta biche. Et surtout ne te
presse pas, nous avons le temps. Sors!

> *Solange change soudain d'attitude et sort*
> *humblement, tenant du bout des doigts les*
> *gants de caoutchouc. Claire s'assied à la*
> *coiffeuse. Elle respire les fleurs, caresse les*
> *objets de toilette, brosse ses cheveux, arrange*
> *son visage.*

Préparez ma robe. Vite le temps presse. Vous
n'êtes pas là? *(Elle se retourne.)* Claire! Claire!

> *Entre Solange.*

SOLANGE

Que Madame m'excuse, je préparais le tilleul
(Elle prononce tillol.) de Madame.

CLAIRE

Disposez mes toilettes. La robe blanche pailletée. L'éventail, les émeraudes.

SOLANGE

Tous les bijoux de Madame?

CLAIRE

Sortez-les. Je veux choisir. *(Avec beaucoup d'hypocrisie.)* Et naturellement les souliers vernis. Ceux que vous convoitez depuis des années.

> *Solange prend dans l'armoire quelques écrins qu'elle ouvre et dispose sur le lit.*

Pour votre noce sans doute. Avouez qu'il vous a séduite! Que vous êtes grosse! Avouez-le!

> *Solange s'accroupit sur le tapis et, crachant dessus, cire des escarpins vernis.*

Je vous ai dit, Claire, d'éviter les crachats. Qu'ils dorment en vous, ma fille, qu'ils y croupissent. Ah! ah! vous êtes hideuse, ma belle. Penchez-vous davantage et vous regardez dans mes souliers. *(Elle tend son pied que Solange examine.)* Pensez-vous qu'il me soit agréable de me savoir le pied enveloppé par les voiles de votre salive? Par la brume de vos marécages?

SOLANGE, *à genoux et très humble.*

Je désire que Madame soit belle.

CLAIRE, *elle s'arrange dans la glace.*

Vous me détestez, n'est-ce pas? Vous m'écrasez sous vos prévenances, sous votre humilité, sous les glaïeuls et le réséda. *(Elle se lève et d'un ton plus bas.)* On s'encombre inutilement. Il y a trop de fleurs. C'est mortel. *(Elle se mire encore.)* Je serai belle. Plus que vous ne le serez jamais. Car ce n'est pas avec ce corps et cette face que vous séduirez Mario. Ce jeune laitier ridicule vous méprise, et s'il vous a fait un gosse...

SOLANGE

Oh! mais, jamais je n'ai...

CLAIRE

Taisez-vous, idiote! Ma robe!

SOLANGE, *elle cherche dans l'armoire,*
écartant quelques robes.

La robe rouge. Madame mettra la robe rouge.

CLAIRE

J'ai dit la blanche, à paillettes.

SOLANGE, *dure*.

Madame portera ce soir la robe de velours écarlate.

CLAIRE, *naïvement*.

Ah? Pourquoi?

SOLANGE, *froidement*.

Il m'est impossible d'oublier la poitrine de Madame sous le drapé de velours. Quand Madame soupire et parle à Monsieur de mon dévouement! Une toilette noire servirait mieux votre veuvage.

CLAIRE

Comment?

SOLANGE

Dois-je préciser?

CLAIRE

Ah! tu veux parler... Parfait. Menace-moi. Insulte ta maîtresse. Solange, tu veux parler, n'est-ce pas, des malheurs de Monsieur. Sotte. Ce n'est pas l'instant de le rappeler, mais de

cette indication je vais tirer un parti magnifique.
Tu souris? Tu en doutes?

　　　Le dire ainsi : Tu souris = tu en doutes.

SOLANGE

Ce n'est pas le moment d'exhumer...

CLAIRE

Mon infamie? Mon infamie! D'exhumer!
Quel mot!

SOLANGE

Madame!

CLAIRE

Je vois où tu veux en venir. J'écoute bour-
donner déjà tes accusations, depuis le début tu
m'injuries, tu cherches l'instant de me cracher à
la face.

SOLANGE, *pitoyable.*

Madame, Madame, nous n'en sommes pas
encore là. Si Monsieur...

CLAIRE

Si Monsieur est en prison, c'est grâce à moi,
ose le dire! Ose! Tu as ton franc-parler, parle.

J'agis en dessous, camouflée par mes fleurs, mais tu ne peux rien contre moi.

SOLANGE

Le moindre mot vous paraît une menace. Que Madame se souvienne que je suis la bonne.

CLAIRE

Pour avoir dénoncé Monsieur à la police, avoir accepté de le vendre, je vais être à ta merci? Et pourtant j'aurais fait pire. Mieux. Crois-tu que je n'aie pas souffert? Claire, j'ai forcé ma main, tu entends, je l'ai forcée, lentement, fermement, sans erreur, sans ratures, à tracer cette lettre qui devait envoyer mon amant au bagne. Et toi, plutôt que me soutenir, tu me nargues? Tu parles de veuvage! Monsieur n'est pas mort, Claire. Monsieur, de bagne en bagne, sera conduit jusqu'à la Guyane peut-être, et moi, sa maîtresse, folle de douleur, je l'accompagnerai. Je serai du convoi. Je partagerai sa gloire. Tu parles de veuvage. La robe blanche est le deuil des reines, Claire, tu l'ignores. Tu me refuses la robe blanche!

SOLANGE, froidement.

Madame portera la robe rouge.

CLAIRE, *simplement.*

Bien. *(Sévère.)* Passez-moi la robe. Oh! je suis bien seule et sans amitié. Je vois dans ton œil que tu me hais.

SOLANGE

Je vous aime.

CLAIRE

Comme on aime sa maîtresse, sans doute. Tu m'aimes et me respectes. Et tu attends ma donation, le codicille en ta faveur...

SOLANGE

Je ferais l'impossible...

CLAIRE, *ironique.*

Je sais. Tu me jetterais au feu. *(Solange aide Claire à mettre la robe.)* Agrafez. Tirez moins fort. N'essayez pas de me ligoter. *(Solange s'agenouille aux pieds de Claire et arrange les plis de la robe.)* Évitez de me frôler. Reculez-vous. Vous sentez le fauve. De quelle infecte soupente où la nuit les valets vous visitent rapportez-vous ces odeurs? La soupente! La chambre des bonnes! La mansarde! *(Avec grâce.)* C'est pour mémoire que je parle de l'odeur des mansardes, Claire. Là... *(Elle désigne un point de la chambre.)* Là, les deux lits de fer séparés par la table de nuit. Là, la commode en pitchpin avec le petit autel à la Sainte Vierge. C'est exact, n'est-ce pas ?

SOLANGE

Nous sommes malheureuses. J'en pleurerais.

CLAIRE

C'est exact. Passons sur nos dévotions à la Sainte Vierge en plâtre, sur nos agenouillements. Nous ne parlerons même pas des fleurs en papier... *(Elle rit.)* En papier! Et la branche de buis bénit! *(Elle montre les fleurs de la chambre.)* Regarde ces corolles ouvertes en mon honneur! Je suis une Vierge plus belle, Claire.

SOLANGE

Taisez-vous...

CLAIRE

Et là, la fameuse lucarne, par où le laitier demi-nu saute jusqu'à votre lit!

SOLANGE

Madame s'égare, Madame...

CLAIRE

Vos mains! N'égarez pas vos mains. Vous l'ai-je assez murmuré! elles empestent l'évier.

SOLANGE

La chute!

CLAIRE

Hein?

SOLANGE, *arrangeant la robe.*

La chute. J'arrange votre chute d'amour.

CLAIRE

Écartez-vous, frôleuse!

> *Elle donne à Solange sur la tempe un coup de talon Louis XV. Solange accroupie vacille et recule.*

SOLANGE

Voleuse, moi?

CLAIRE

Je dis frôleuse. Si vous tenez à pleurnichez,

que ce soit dans votre mansarde. Je n'accepte ici, dans ma chambre, que des larmes nobles. Le bas de ma robe, certain jour en sera constellé, mais de larmes précieuses. Disposez la traîne, traînée!

SOLANGE

Madame s'emporte!

CLAIRE

Dans ses bras parfumés, le diable m'emporte. Il me soulève, je décolle, je pars... *(Elle frappe le sol du talon.)*... et je reste. Le collier? Mais dépêche-toi, nous n'aurons pas le temps. Si la robe est trop longue, fais un ourlet avec des épingles de nourrice.

> *Solange se relève et va pour prendre le collier dans un écrin, mais Claire la devance et s'empare du bijou. Ses doigts ayant frôlé ceux de Solange, horrifiée, Claire recule.*

Tenez vos mains loin des miennes, votre contact est immonde. Dépêchez-vous.

SOLANGE

Il ne faut pas exagérer. Vos yeux s'allument. Vous atteignez la rive.

CLAIRE

Vous dites?

SOLANGE

Les limites. Les bornes. Madame. Il faut garder vos distances.

CLAIRE

Quel langage, ma fille. Claire? tu te venges, n'est-ce pas? Tu sens approcher l'instant où tu quittes ton rôle...

SOLANGE

Madame me comprend à merveille. Madame me devine.

CLAIRE

Tu sens approcher l'instant où tu ne seras plus la bonne. Tu vas te venger. Tu t'apprêtes? Tu aiguises tes ongles? La haine te réveille? Claire n'oublie pas. Claire, tu m'écoutes? Mais Claire, tu ne m'écoutes pas?

SOLANGE, *distraite.*

Je vous écoute.

CLAIRE

Par moi, par moi seule, la bonne existe. Par
mes cris et par mes gestes.

SOLANGE

Je vous écoute.

CLAIRE, *elle hurle.*

C'est grâce à moi que tu es, et tu me nargues!
Tu ne peux savoir comme il est pénible d'être
Madame, Claire, d'être le prétexte à vos simagrées! Il me suffirait de si peu et tu n'existerais
plus. Mais je suis bonne, mais je suis belle et je
te défie. Mon désespoir d'amante m'embellit
encore!

SOLANGE, *méprisante.*

Votre amant!

CLAIRE

Mon malheureux amant sert encore ma
noblesse, ma fille. Je grandis davantage pour te
réduire et t'exalter. Fais appel à toutes tes ruses.
Il est temps!

SOLANGE, *froidement.*

Assez! Dépêchez-vous. Vous êtes prête?

CLAIRE

Et toi?

SOLANGE, *doucement d'abord.*

Je suis prête, j'en ai assez d'être un objet de dégoût. Moi aussi, je vous hais...

CLAIRE

Doucement, mon petit, doucement...

> *Elle tape doucement l'épaule de Solange pour l'inciter au calme.*

SOLANGE

Je vous hais! Je vous méprise. Vous ne m'intimidez plus. Réveillez le souvenir de votre amant, qu'il vous protège. Je vous hais! Je hais votre poitrine pleine de souffles embaumés. Votre poitrine... d'ivoire! Vos cuisses... d'or! Vos pieds... d'ambre! *(Elle crache sur la robe rouge.)* Je vous hais!

CLAIRE, *suffoquée.*

Oh! oh! mais...

SOLANGE, *marchant sur elle.*

Oui madame, ma belle madame. Vous croyez que tout vous sera permis jusqu'au bout? Vous croyez pouvoir dérober la beauté du ciel et m'en priver? Choisir vos parfums, vos poudres, vos rouges à ongles, la soie, le velours, la dentelle et m'en priver? Et me prendre le laitier? Avouez! Avouez le laitier! Sa jeunesse, sa fraîcheur vous troublent, n'est-ce pas? Avouez le laitier. Car Solange vous emmerde!

CLAIRE, *affolée.*

Claire! Claire!

SOLANGE

Hein?

CLAIRE, *dans un murmure.*

Claire, Solange, Claire.

SOLANGE

Ah! oui, Claire. Claire vous emmerde! Claire est là, plus claire que jamais. Lumineuse!

Elle gifle Claire.

CLAIRE

Oh! oh! Claire... vous... oh!

SOLANGE

Madame se croyait protégée par ses barricades de fleurs, sauvée par un exceptionnel destin, par le sacrifice. C'était compter sans la révolte des bonnes. La voici qui monte, madame. Elle va crever et dégonfler votre aventure. Ce monsieur n'était qu'un triste voleur et vous une...

CLAIRE

Je t'interdis!

SOLANGE

M'interdire! Plaisanterie! Madame est interdite. Son visage se décompose. Vous désirez un miroir?

Elle tend à Claire un miroir à main.

CLAIRE, *se mirant avec complaisance.*

J'y suis plus belle! Le danger m'auréole, Claire, et toi tu n'es que ténèbres...

SOLANGE

... infernales! Je sais. Je connais la tirade. Je lis sur votre visage ce qu'il faut vous répondre et j'irai jusqu'au bout. Les deux bonnes sont là — les dévouées servantes! Devenez plus belle pour les mépriser. Nous ne vous craignons plus. Nous sommes enveloppées, confondues dans nos exhalaisons, dans nos fastes, dans notre haine pour vous. Nous prenons forme, madame. Ne riez pas. Ah! surtout ne riez pas de ma grandiloquence...

CLAIRE

Allez-vous-en.

SOLANGE

Pour vous servir, encore, madame! Je retourne à ma cuisine. J'y retrouve mes gants et l'odeur de mes dents. Le rot silencieux de l'évier. Vous avez vos fleurs, j'ai mon évier. Je suis la bonne. Vous au moins vous ne pouvez pas me souiller. Mais vous ne l'emporterez pas en paradis. J'aimerais mieux vous y suivre que de lâcher ma haine à la porte. Riez un peu, riez et priez vite, très vite! Vous êtes au bout du rouleau ma chère! *(Elle tape sur les mains de*

Claire qui protège sa gorge.) Bas les pattes et découvrez ce cou fragile. Allez, ne tremblez pas, ne frissonnez pas, j'opère vite et en silence. Oui, je vais retourner à ma cuisine, mais avant je termine ma besogne.

> *Elle semble sur le point d'étrangler Claire. Soudain un réveille-matin sonne. Solange s'arrête. Les deux actrices se rapprochent, émues, et écoutent, pressées l'une contre l'autre.*

Déjà?

CLAIRE

Dépêchons-nous. Madame va rentrer. *(Elle commence à dégrafer sa robe.)* Aide-moi. C'est déjà fini, et tu n'as pas pu aller jusqu'au bout.

SOLANGE, *l'aidant. D'un ton triste.*

C'est chaque fois pareil. Et par ta faute. Tu n'es jamais prête assez vite. Je ne peux pas t'achever.

CLAIRE

Ce qui nous prend du temps, c'est les préparatifs. Remarque...

SOLANGE, *elle lui enlève la robe.*

Surveille la fenêtre.

CLAIRE

Remarque que nous avons de la marge. J'ai remonté le réveil de façon qu'on puisse tout ranger.

Elle se laisse avec lassitude tomber sur le fauteuil.

SOLANGE

Il fait lourd, ce soir. Il a fait lourd toute la journée.

CLAIRE

Oui.

SOLANGE

Et cela nous tue, Claire.

CLAIRE

Oui.

SOLANGE

C'est l'heure.

CLAIRE

Oui. *(Elle se lève avec lassitude.)* Je vais préparer la tisane.

SOLANGE

Surveille la fenêtre.

CLAIRE

On a le temps.

> *Elle s'essuie le visage.*

SOLANGE

Tu te regardes encore... Claire, mon petit...

CLAIRE

Je suis lasse.

SOLANGE, *dure.*

Surveille la fenêtre. Grâce à ta maladresse, rien ne serait à sa place. Et il faut que je nettoie la robe de Madame. *(Elle regarde sa sœur.)* Qu'est-ce que tu as? Tu peux te ressembler, maintenant. Reprends ton visage. Allons, Claire, redeviens ma sœur...

CLAIRE

Je suis à bout. La lumière m'assomme. Tu crois que les gens d'en face...

SOLANGE

Qu'est-ce que cela peut nous faire? Tu ne voudrais pas qu'on... qu'on s'organise dans le noir? Ferme les yeux. Ferme les yeux, Claire. Repose-toi.

CLAIRE, *elle met sa petite robe noire.*

Oh! quand je dis que je suis lasse, c'est une façon de parler. N'en profite pas pour me plaindre. Ne cherche pas à me dominer.

> *Elle enfile les bas de fil noirs et chausse les souliers noirs à talons plats.*

SOLANGE

Je voudrais que tu te reposes. C'est surtout quand tu te reposes que tu m'aides [1].

---

1. Les metteurs en scène doivent s'appliquer à mettre au point une déambulation qui ne sera pas laissée au hasard : les Bonnes et Madame se rendent d'un point à un autre de la scène, en dessinant une géométrie qui ait un sens. Je ne peux dire lequel, mais cette géométrie ne doit pas être voulue par de simples allées et venues. Elle s'inscrira comme, dit-on, dans le vol des oiseaux, s'inscrivent les présages, dans le vol des abeilles une activité de vie, dans la démarche de certains poètes une activité de mort.

CLAIRE

Je te comprends, ne t'explique pas.

SOLANGE

Si. Je m'expliquerai. C'est toi qui as commencé. Et d'abord, en faisant cette allusion au
laitier. Tu crois que je ne t'ai pas devinée? Si
Mario...

CLAIRE

Oh!

SOLANGE

Si le laitier me dit des grossièretés le soir, il
t'en dit autant. Mais tu étais bien heureuse de
pouvoir...

CLAIRE, *elle hausse les épaules.*

Tu ferais mieux de voir si tout est en ordre.
Regarde, la clé du secrétaire était placée comme
ceci. *(Elle arrange la clé.)* Et sur les œillets et
les roses, il est impossible, comme dit Monsieur, de ne pas...

SOLANGE, *violente.*

Tu étais heureuse de pouvoir tout à l'heure
mêler tes insultes...

CLAIRE

... découvrir un cheveu de l'une ou de l'autre bonne.

SOLANGE

Et les détails de notre vie privée avec...

CLAIRE, *ironique.*

Avec? Avec? Avec quoi? Donne un nom? Donne un nom à la chose! La cérémonie? D'ailleurs, nous n'avons pas le temps de commencer une discussion ici. Elle, elle, elle va rentrer. Mais, Solange, nous la tenons, cette fois. Je t'envie d'avoir vu sa tête en apprenant l'arrestation de son amant. Pour une fois, j'ai fait du beau travail. Tu le reconnais? Sans moi, sans ma lettre de dénonciation, tu n'aurais pas eu ce spectacle : l'amant avec les menottes et Madame en larmes. Elle peut en mourir. Ce matin, elle ne tenait plus debout.

SOLANGE

Tant mieux. Qu'elle en claque! Et que j'hérite, à la fin! Ne plus remettre les pieds dans cette mansarde sordide, entre ces imbéciles, entre une cuisinière et un valet de chambre.

CLAIRE

Moi je l'aimais notre mansarde.

SOLANGE

Ne t'attendris pas. Tu l'aimes pour me contredire. Moi qui la hais. Je la vois telle qu'elle est, sordide et nue. Dépouillée, comme dit Madame. Mais quoi, nous sommes des pouilleuses.

CLAIRE

Ah! non, ne recommence pas. Regarde plutôt à la fenêtre. Moi je ne peux rien voir, la nuit est trop noire.

SOLANGE

Que je parle. Que je me vide. J'ai aimé la mansarde parce que sa pauvreté m'obligeait à de pauvres gestes. Pas de tentures à soulever, pas de tapis à fouler, de meubles à caresser... de l'œil ou du torchon, pas de glaces, pas de balcon. Rien ne nous forçait à un geste trop beau. *(Sur un geste de Claire.)* Mais rassure-toi, tu pourras continuer en prison à faire ta souveraine, ta Marie-Antoinette, te promener la nuit dans l'appartement...

CLAIRE

Tu es folle! Jamais je ne me suis promenée dans l'appartement.

SOLANGE, *ironique.*

Oh! Mademoiselle ne s'est jamais promenée! Enveloppée dans les rideaux ou le couvre-lit de dentelle, n'est-ce pas? Se contemplant dans les miroirs, se pavanant au balcon et saluant à deux heures du matin le peuple accouru défiler sous ses fenêtres. Jamais, non, jamais?

CLAIRE

Mais, Solange...

SOLANGE

La nuit est trop noire pour épier Madame. Sur ton balcon, tu te croyais invisible. Pour qui me prends-tu? N'essaie pas de me faire croire que tu es somnambule. Au point où nous en sommes, tu peux avouer.

CLAIRE

Mais Solange, tu cries. Je t'en prie, parle plus bas. Madame peut rentrer en sourdine...

Elle court à la fenêtre et soulève le rideau.

SOLANGE

Laisse les rideaux, j'ai fini. Je n'aime pas te voir les soulever de cette façon. Laisse-les retomber. Le matin de son arrestation, quand il épiait les policiers, Monsieur faisait comme toi.

CLAIRE

Le moindre geste te paraît un geste d'assassin qui veut s'enfuir par l'escalier de service. Tu as peur maintenant.

SOLANGE

Ironise, afin de m'exciter. Ironise, va! Personne ne m'aime! Personne ne nous aime!

CLAIRE

Elle, elle nous aime. Elle est bonne. Madame est bonne! Madame nous adore.

SOLANGE

Elle nous aime comme ses fauteuils. Et encore! Comme la faïence rose de ses latrines. Comme son bidet. Et nous, nous ne pouvons pas nous aimer. La crasse...

CLAIRE, *c'est presque dans un aboiement.*

Ah!...

SOLANGE

... N'aime pas la crasse. Et tu crois que je vais en prendre mon parti, continuer ce jeu et, le soir, rentrer dans mon lit-cage. Pourrons-nous même le continuer, le jeu. Et moi, si je n'ai plus à cracher sur quelqu'un qui m'appelle Claire, mes crachats vont m'étouffer! Mon jet de salive, c'est mon aigrette de diamants.

CLAIRE, *elle se lève et pleure.*

Parle plus doucement, je t'en prie. Parle... parle de la bonté de Madame. Elle, elle dit: diam's!

SOLANGE

Sa bonté! Ses diam's! C'est facile d'être bonne, et souriante, et douce. Quand on est belle et riche! Mais être bonne quand on est une bonne! On se contente de parader pendant qu'on fait le ménage ou la vaisselle. On brandit un plumeau comme un éventail. On a des gestes élégants avec la serpillière. Ou bien, on va comme toi, la nuit s'offrir le luxe d'un défilé historique dans les appartements de Madame.

CLAIRE

Solange! Encore! Tu cherches quoi? Tu penses que tes accusations vont nous calmer? Sur ton compte, je pourrais en raconter de plus belles.

SOLANGE

Toi? *(Un temps assez long.)* Toi?

CLAIRE

Parfaitement. Si je voulais. Parce qu'enfin, après tout...

SOLANGE

Tout? Après tout? Qu'est-ce que tu insinues? C'est toi qui as parlé de cet homme. Claire, je te hais.

CLAIRE

Et je te le rends. Mais je n'irai pas chercher le prétexte d'un laitier pour te menacer.

SOLANGE

De nous deux, qui menace l'autre! Hein? Tu
hésites?

CLAIRE

Essaie d'abord. Tire la première. C'est toi qui
recules, Solange. Tu n'oses pas m'accuser du
plus grave, mes lettres à la police. La mansarde
a été submergée sous mes essais d'écriture...
sous des pages et des pages. J'ai inventé les
pires histoires et les plus belles dont tu profitais.
Hier soir, quand tu faisais Madame dans la robe
blanche, tu jubilais, tu jubilais, tu te voyais déjà
montant en cachette sur le bateau des déportés,
sur le...

SOLANGE, *professorale.*

Le *Lamartinière.* (*Elle en a détaché chaque
syllabe.*)

CLAIRE

Tu accompagnais Monsieur, ton amant... Tu
fuyais la France. Tu partais pour l'île du
Diable, pour la Guyane, avec lui : un beau rêve!
Parce que j'avais le courage d'envoyer mes
lettres anonymes, tu te payais le luxe d'être une

prostituée de haut vol, une hétaïre. Tu étais heureuse de ton sacrifice, de porter la croix du mauvais larron, de lui torcher le visage, de le soutenir, de te livrer aux chiourmes pour que lui soit accordé un léger soulagement.

SOLANGE

Mais toi, tout à l'heure, quand tu parlais de le suivre.

CLAIRE

Je ne le nie pas, j'ai repris l'histoire où tu l'avais lâchée. Mais avec moins de violence que toi. Dans la mansarde déjà, au milieu des lettres, le tangage te faisait chalouper.

SOLANGE

Tu ne te voyais pas.

CLAIRE

Oh! si! Je peux me regarder dans ton visage et voir les ravages qu'y fait notre victime! Monsieur est maintenant derrière les verrous. Réjouissons-nous. Au moins nous éviterons ses moqueries. Et tu seras plus à ton aise pour te prélasser sur sa poitrine, tu inventeras mieux

son torse et ses jambes, tu épieras sa démarche.
Le tangage te faisait chalouper! Déjà tu t'abandonnais à lui. Au risque de nous perdre...

SOLANGE, *indignée.*

Comment?

CLAIRE

Je précise. Perdre. Pour écrire mes lettres de
dénonciation à la police, il me fallait des faits,
citer des dates. Et comment m'y prendre?
Hein? Souviens-toi. Ma chère, votre confusion
rose est ravissante. Tu as honte. Tu étais là
pourtant! J'ai fouillé dans les papiers de
Madame et j'ai découvert la fameuse correspon-
dance...

Un silence.

SOLANGE

Et après?

CLAIRE

Oh! mais tu m'agaces, à la fin! Après? Eh
bien, après tu as voulu conserver les lettres de
Monsieur. Et hier soir encore dans la mansarde,
il restait une carte de Monsieur adressée à
Madame! Je l'ai découverte.

SOLANGE, *agressive.*

Tu fouilles dans mes affaires, toi!

CLAIRE

C'est mon devoir.

SOLANGE

A mon tour de m'étonner de tes scrupules...

CLAIRE

Je suis prudente, pas scrupuleuse. Quand je risquais tout en m'agenouillant sur le tapis, pour forcer la serrure du secrétaire, pour façonner une histoire avec des matériaux exacts, toi, enivrée par l'espoir d'un amant coupable, criminel et banni, tu m'abandonnais!

SOLANGE

J'avais placé un miroir de façon à voir la porte d'entrée. Je faisais le guet.

CLAIRE

Ce n'est pas vrai! Je remarque tout et je t'observe depuis longtemps. Avec ta prudence coutumière, tu étais restée à l'entrée de l'office, prête à bondir au fond de la cuisine à l'arrivée de Madame!

SOLANGE

Tu mens, Claire. Je surveillais le corridor...

CLAIRE

C'est faux! Il s'en est fallu de peu que Madame ne me trouve au travail! Toi, sans t'occuper si mes mains tremblaient en fouillant les papiers, toi, tu étais en marche, tu traversais les mers, tu forçais l'Équateur...

SOLANGE, *ironique.*

Mais toi-même? Tu as l'air de ne rien savoir de tes extases! Claire, ose dire que tu n'as jamais rêvé d'un bagnard! Que jamais tu n'as rêvé précisément de celui-là! Ose dire que tu ne l'as pas dénoncé justement — justement, quel beau mot! — afin qu'il serve ton aventure secrète.

CLAIRE

Je sais ça et davantage. Je suis la plus lucide. Mais l'histoire, c'est toi qui l'as inventée. Tourne ta tête. Ah! si tu te voyais, Solange. Le

soleil de la forêt vierge illumine encore ton
profil. Tu prépares l'évasion de ton amant.
(Elle rit nerveusement.) Comme tu te travailles!
Mais rassure-toi, je te hais pour d'autres rai-
sons. Tu les connais.

SOLANGE, *baissant la voix.*

Je ne te crains pas. Je ne doute pas de ta
haine, de ta fourberie, mais fais bien attention.
C'est moi l'aînée.

CLAIRE

Qu'est-ce que cela veut dire, l'aînée? Et la
plus forte? Tu m'obliges à te parler de cet
homme pour mieux détourner mes regards.
Allons donc! Tu crois que je ne t'ai pas
découverte? Tu as essayé de la tuer.

SOLANGE

Tu m'accuses?

CLAIRE

Ne nie pas. Je t'ai vue. *(Un long silence.)* Et
j'ai eu peur. Peur, Solange. Quand nous accom-
plissons la cérémonie, je protège mon cou. C'est
moi que tu vises à travers Madame, c'est moi
qui suis en danger.

Un long silence. Solange hausse les épaules.

SOLANGE, *décidée.*

Oui, j'ai essayé. J'ai voulu te délivrer. Je n'en pouvais plus. J'étouffais de te voir étouffer, rougir, verdir, pourrir dans l'aigre et le doux de cette femme. Tu as raison reproche-le-moi. Je t'aimais trop. Tu aurais été la première à me dénoncer si je l'avais tuée. C'est par toi que j'aurais été livrée à la police.

CLAIRE, *elle la prend aux poignets.*

Solange...

SOLANGE, *se dégageant.*

Il s'agit de moi.

CLAIRE

Solange, ma petite sœur. J'ai tort. Elle va rentrer.

SOLANGE

Je n'ai tué personne. J'ai été lâche, tu comprends. J'ai fait mon possible, mais elle s'est

retournée en dormant. Elle respirait doucement.
Elle gonflait les draps : c'était Madame.

CLAIRE

Tais-toi.

SOLANGE

Pas encore. Tu as voulu savoir. Attends, je
vais t'en raconter d'autres. Tu connaîtras
comme elle est faite, ta sœur. De quoi elle est
faite. Ce qui compose une bonne : j'ai voulu
l'étrangler...

CLAIRE

Pense au ciel. Pense au ciel. Pense à ce qu'il
y a après.

SOLANGE

Que dalle! J'en ai assez de m'agenouiller sur
des bancs. A l'église, j'aurais eu le velours rouge
des abbesses ou la pierre des pénitentes, mais au
moins, noble serait mon attitude. Vois, mais
vois comme elle souffre bien, elle, comme elle
souffre en beauté. La douleur la transfigure! En
apprenant que son amant était un voleur, elle
tenait tête à la police. Elle exultait. Maintenant,

c'est une abandonnée magnifique, soutenue sous chaque bras par deux servantes attentives et désolées par sa peine. Tu l'as vue? Sa peine étincelante des feux de ses bijoux, du satin de ses robes, des lustres! Claire, la beauté de mon crime devait racheter la pauvreté de mon chagrin. Après, j'aurais mis le feu.

CLAIRE

Calme-toi, Solange. Le feu pouvait ne pas prendre. On t'aurait découverte. Tu sais ce qui attend les incendiaires.

SOLANGE

Je sais tout. J'ai eu l'œil et l'oreille aux serrures. J'ai écouté aux portes plus qu'aucune domestique. Je sais tout. Incendiaire! C'est un titre admirable.

CLAIRE

Tais-toi. Tu m'étouffes. J'étouffe. *(Elle veut entrouvrir la fenêtre.)* Ah! laisser entrer un peu d'air ici!

SOLANGE, *inquiète.*

Que veux-tu faire?

CLAIRE

Ouvrir.

SOLANGE

Toi aussi? Depuis longtemps j'étouffe!
Depuis longtemps je voulais mener le jeu à la
face du monde, hurler ma vérité sur les toits,
descendre dans la rue sous les apparences de
Madame...

CLAIRE

Tais-toi. Je voulais dire...

SOLANGE

C'est trop tôt, tu as raison. Laisse la fenêtre.
Ouvre les portes de l'antichambre et de la
cuisine. *(Claire ouvre l'une et l'autre porte.)* Va
voir si l'eau bout.

CLAIRE

Toute seule?

SOLANGE

Attends alors, attends qu'elle vienne. Elle
apporte son étole, ses perles, ses larmes, ses
sourires, ses soupirs, sa douceur.

Sonnerie du téléphone. Les deux sœurs écoutent.

CLAIRE, *au téléphone.*

Monsieur? C'est Monsieur!... C'est Claire, monsieur... *(Solange veut prendre un écouteur. Claire l'écarte.)* Bien, j'avertirai Madame, Madame sera heureuse de savoir Monsieur en liberté... Bien, monsieur. Je vais noter. Monsieur attend Madame au *Bilboquet*. Bien... Bonsoir, monsieur.

Elle veut raccrocher mais sa main tremble et elle pose l'écouteur sur la table.

SOLANGE

Il est sorti?

CLAIRE

Le juge le laisse en liberté provisoire.

SOLANGE

Mais... Mais alors, tout casse.

CLAIRE, *sèche.*
Tu le vois bien.

SOLANGE

Les juges ont eu le toupet de le lâcher. On bafoue la justice. On nous insulte! Si Monsieur est libre, il voudra faire une enquête, il fouillera la maison pour découvrir la coupable. Je me demande si tu saisis la gravité de la situation.

CLAIRE

J'ai fait ce que j'ai pu, à nos risques et périls.

SOLANGE, *amère*.

Tu as bien travaillé. Mes compliments. Tes dénonciations, tes lettres, tout marche admirablement. Et si on reconnaît ton écriture, c'est parfait. Et pourquoi va-t-il au *Bilboquet*, d'abord, et pas ici. Tu peux l'expliquer?

CLAIRE

Puisque tu es si habile, il fallait réussir ton affaire avec Madame. Mais tu as eu peur. L'air était parfumé, le lit tiède. C'était Madame! Il nous reste à continuer cette vie, reprendre le jeu.

SOLANGE

Le jeu est dangereux. Je suis sûre que nous avons laissé des traces. Par ta faute. Nous en laissons chaque fois. Je vois une foule de traces que je ne pourrai jamais effacer. Et elle, elle se promène au milieu de cela qu'elle apprivoise. Elle le déchiffre. Elle pose le bout de son pied rose sur nos traces. L'une après l'autre, elle nous découvre. Par ta faute, Madame se moque de nous! Madame saura tout. Elle n'a qu'à sonner pour être servie. Elle saura que nous mettions ses robes, que nous volions ses gestes, que nous embobinions son amant de nos simagrées. Tout va parler, Claire. Tout nous accusera. Les rideaux marqués par tes épaules, les miroirs par mon visage, la lumière qui avait l'habitude de nos folies, la lumière va tout avouer. Par ta maladresse, tout est perdu.

CLAIRE

Tout est perdu parce que tu n'as pas eu la force pour...

SOLANGE

Pour...

CLAIRE

... la tuer.

SOLANGE

Je peux encore trouver la force qu'il faut.

CLAIRE

Où? Où? Tu n'es pas aussi au-delà que moi.
Tu ne vis pas au-dessus de la cime des arbres.
Un laitier traversant ta tête te bouleverse.

SOLANGE

C'est de n'avoir pas vu sa figure, Claire.
D'avoir été tout à coup si près de Madame
parce que j'étais près de son sommeil. Je perdais
mes forces. Il fallait relever le drap que sa
poitrine soulevait pour trouver la gorge.

CLAIRE, *ironique*.

Et les draps étaient tièdes. La nuit noire.
C'est en plein jour qu'on fait ces coups-là. Tu
es incapable d'un acte aussi terrible. Mais moi,
je peux réussir. Je suis capable de tout, et tu le
sais.

SOLANGE

Le gardénal.

CLAIRE

Oui. Parlons paisiblement. Je suis forte. Tu as essayé de me dominer...

SOLANGE

Mais, Claire...

CLAIRE, *calmement.*

Pardon. Je sais ce que je dis. Je suis Claire. Et prête. J'en ai assez. Assez d'être l'araignée, le fourreau de parapluie, la religieuse sordide et sans Dieu, sans famille! J'en ai assez d'avoir un fourneau comme autel. Je suis la pimbêche, la putride. A tes yeux aussi.

SOLANGE, *elle prend Claire aux épaules.*

Claire... Nous sommes nerveuses. Madame n'arrive pas. Moi aussi je n'en peux plus. Je n'en peux plus de notre ressemblance, je n'en peux plus de mes mains, de mes bas noirs, de mes cheveux. Je ne te reproche rien, ma petite sœur. Tes promenades te soulageaient...

CLAIRE, *agacée.*

Ah! laisse.

SOLANGE

Je voudrais t'aider. Je voudrais te consoler, mais je sais que je te dégoûte. Je te répugne. Et je le sais puisque tu me dégoûtes. S'aimer dans le dégoût, ce n'est pas s'aimer.

CLAIRE

C'est trop s'aimer. Mais j'en ai assez de ce miroir effrayant qui me renvoie mon image comme une mauvaise odeur. Tu es ma mauvaise odeur. Eh bien! je suis prête. J'aurai ma couronne. Je pourrai me promener dans les appartements.

SOLANGE

Nous ne pouvons tout de même pas la tuer pour si peu.

CLAIRE

Vraiment? Ce n'est pas assez? Pourquoi, s'il vous plaît? Pour quel autre motif? Où et quand trouver un plus beau prétexte? Ce n'est pas assez? Ce soir, Madame assistera à notre confusion. En riant aux éclats, en riant parmi ses pleurs, avec ses soupirs épais! Non. J'aurai ma couronne. Je serai cette empoisonneuse que tu n'as pas su être. A mon tour de te dominer.

SOLANGE

Mais, jamais...

CLAIRE, *énumérant méchamment,*
et imitant Madame.

Passe-moi la serviette! Passe-moi les épingles à linge! Épluche les oignons! Gratte les carottes! Lave les carreaux! Fini. C'est fini. Ah! J'oubliais! ferme le robinet! C'est fini. Je disposerai du monde.

SOLANGE

Ma petite sœur!

CLAIRE

Tu m'aideras.

SOLANGE

Tu ne sauras pas quels gestes faire. Les choses sont plus graves, Claire, plus simples.

CLAIRE

Je serai soutenue par le bras solide du laitier.

Il ne flanchera pas. J'appuierai ma main gauche sur sa nuque. Tu m'aideras. Et s'il faut aller plus loin, Solange, si je dois partir pour le bagne, tu m'accompagneras, tu monteras sur le bateau. Solange, à nous deux, nous serons ce couple éternel, du criminel et de la sainte. Nous serons sauvées, Solange, je te le jure, sauvées!

Elle tombe assise sur le lit de Madame.

SOLANGE

Calme-toi. Je vais te porter là-haut. Tu vas dormir.

CLAIRE

Laisse-moi. Fais de l'ombre. Fais un peu d'ombre, je t'en supplie.

Solange éteint.

SOLANGE

Repose-toi. Repose-toi, ma petite sœur. *(Elle s'agenouille, déchausse Claire, lui baise les pieds.)* Calme-toi, mon chéri. *(Elle la caresse.)* Pose tes pieds, là. Ferme les yeux.

CLAIRE, *elle soupire.*

J'ai honte, Solange.

SOLANGE, *très doucement.*

Ne parle pas. Laisse-moi faire. Je vais t'endormir. Quand tu dormiras, je te porterai là-haut, dans la mansarde. Je te déshabillerai et je te coucherai dans ton lit-cage. Dors, je serai là.

CLAIRE

J'ai honte, Solange.

SOLANGE

Chut! Laisse-moi te raconter une histoire.

CLAIRE, *plaintivement.*

Solange?

SOLANGE

Mon ange?

CLAIRE

Solange, écoute.

SOLANGE

Dors.

Long silence.

CLAIRE

Tu as de beaux cheveux. Quels beaux cheveux. Les siens...

SOLANGE

Ne parle plus d'elle.

CLAIRE

Les siens sont faux. *(Long silence.)* Tu te rappelles, toutes les deux. Sous l'arbre. Nos pieds au soleil? Solange?

SOLANGE

Dors. Je suis là. Je suis ta grande sœur.

Silence. Au bout d'un moment Claire se lève.

CLAIRE

Non! Non! pas de faiblesse! Allume! Allume! Le moment est trop beau! *(Solange allume.)* Debout! Et mangeons. Qu'est-ce qu'il y a dans la cuisine? Hein? Il faut manger. Pour être forte. Viens, tu vas me conseiller. Le gardénal?

SOLANGE

Oui. Le gardénal...

CLAIRE

Le gardénal! Ne fais pas cette tête. Il faut être joyeuse et chanter. Chantons! Chante, comme quand tu iras mendier dans les cours et les ambassades. Il faut rire. *(Elles rient aux éclats.)* Sinon le tragique va nous faire nous envoler par la fenêtre. Ferme la fenêtre. *(En riant, Solange ferme la fenêtre.)* L'assassinat est une chose... inénarrable! Chantons. Nous l'emporterons dans un bois et sous les sapins, au clair de lune, nous la découperons en morceaux. Nous chanterons! Nous l'enterrerons sous les fleurs dans nos parterres que nous arroserons le soir avec un petit arrosoir!

> *Sonnerie à la porte d'entrée de l'appartement.*

SOLANGE

C'est elle. C'est elle qui rentre. *(Elle prend sa sœur aux poignets.)* Claire, tu es sûre de tenir le coup?

CLAIRE

Il en faut combien?

SOLANGE

Mets-en dix. Dans son tilleul. Dix cachets de gardénal. Mais tu n'oseras pas.

CLAIRE, *elle se dégage, va arranger le lit.*
Solange la regarde un instant.

J'ai le tube sur moi. Dix.

SOLANGE, *très vite.*

Dix. Neuf ne suffiraient pas. Davantage la ferait vomir. Dix. Fais le tilleul très fort. Tu as compris.

CLAIRE, *elle murmure.*

Oui.

SOLANGE, *elle va pour sortir et se ravise.*
D'une voix naturelle.

Très sucré.

Elle sort à gauche. Claire continue à arranger la chambre et sort à droite. Quelques secondes s'écoulent. Dans la coulisse on entend un éclat de rire nerveux. Suivie de

Solange, Madame, couverte de fourrures, entre en riant.

MADAME

De plus en plus! Des glaïeuls horribles, d'un rose débilitant, et du mimosa! Ces folles doivent courir les halles avant le jour pour les acheter moins cher. Tant de sollicitude, ma chère Solange, pour une maîtresse indigne, et tant de roses pour elle quand Monsieur est traité comme un criminel! Car... Solange, à ta sœur et à toi, je vais encore donner une preuve de confiance! Car je n'ai plus d'espoir. Cette fois Monsieur est bel et bien incarcéré.

> *Solange lui retire son manteau de fourrure.*

Incarcéré, Solange! — In-car-cé-ré! Et dans des circonstances infernales! Que réponds-tu à cela? Voilà ta maîtresse mêlée à la plus sordide affaire et la plus sotte. Monsieur est couché sur la paille et vous m'élevez un reposoir [1]!

---

1. Il est possible que la pièce paraisse réduite à un squelette de pièce. En effet, tout y est trop vite dit, et trop explicite, je suggère donc que les metteurs en scène éventuels remplacent les expressions trop précises, celles qui rendent la situation trop explicite, par d'autres plus ambiguës. Que les comédiennes jouent. Excessivement.

SOLANGE

Madame ne doit pas se laisser aller. Les prisons ne sont plus comme sous la Révolution...

MADAME

La paille humide des cachots n'existe plus, je le sais. N'empêche que mon imagination invente les pires tortures à Monsieur. Les prisons sont pleines de criminels dangereux et Monsieur, qui est la délicatesse même, vivra avec eux! Je meurs de honte. Alors qu'il essaie de s'expliquer son crime, moi, je m'avance au milieu d'un parterre, sous des tonnelles, avec le désespoir dans l'âme. Je suis brisée.

SOLANGE

Vos mains sont gelées.

MADAME

Je suis brisée. Chaque fois que je rentrerai mon cœur battra avec cette violence terrible et un beau jour je m'écroulerai, morte sous vos fleurs. Puisque c'est mon tombeau que vous préparez, puisque depuis quelques jours vous accumulez dans ma chambre des fleurs funèbres! J'ai eu très froid mais je n'aurai pas le toupet de m'en plaindre. Toute la soirée, j'ai traîné dans les couloirs. J'ai vu des hommes glacés, des visages de marbre, des têtes de cire, mais j'ai pu apercevoir Monsieur. Oh! de très loin. Du bout des doigts j'ai fait un signe. A peine. Je me sentais coupable. Et je l'ai vu disparaître entre deux gendarmes.

SOLANGE

Des gendarmes? Madame est sûre? Ce sont plutôt des gardes.

MADAME

Tu connais des choses que j'ignore. Gardes ou gendarmes, ils ont emmené Monsieur. Je quitte à l'instant la femme d'un magistrat. Claire!

SOLANGE

Elle prépare le tilleul de Madame.

MADAME

Qu'elle se presse! Pardon, ma petite Solange. Pardonne-moi. J'ai honte de réclamer du tilleul quand Monsieur est seul, sans nourriture, sans tabac, sans rien. Les gens ne savent pas assez ce qu'est la prison. Ils manquent d'imagination, mais j'en ai trop. Ma sensibilité m'a fait souffrir. Atrocement. Vous avez de la chance, Claire et toi, d'être seules au monde. L'humilité de votre condition vous épargne quels malheurs!

SOLANGE

On s'apercevra vite que Monsieur est innocent.

MADAME

Il l'est! Il l'est! Mais innocent ou coupable, je ne l'abandonnerai jamais. Voici à quoi on reconnaît son amour pour un être : Monsieur n'est pas coupable, mais s'il l'était, je deviendrais sa complice. Je l'accompagnerais jusqu'à la Guyane, jusqu'en Sibérie. Je sais qu'il s'en tirera, au moins par cette histoire imbécile m'est-il donné de prendre conscience de mon attachement à lui. Et cet événement destiné à nous séparer nous lie davantage, et me rend presque plus heureuse. D'un bonheur monstrueux! Monsieur n'est pas coupable mais s'il l'était, avec quelle joie j'accepterais de porter sa croix! D'étape en étape, de prison en prison, et jusqu'au bagne je le suivrais. A pied s'il le faut. Jusqu'au bagne, jusqu'au bagne, Solange! Que je fume! Une cigarette!

SOLANGE

On ne le permettrait pas. Les épouses des bandits, ou leurs sœurs, ou leurs mères ne peuvent même pas les suivre.

MADAME

Un bandit! Quel langage, ma fille! Et quelle science! Un condamné n'est plus un bandit. Ensuite, je forcerais les consignes. Et, Solange, j'aurais toutes les audaces, toutes les ruses.

SOLANGE

Madame est courageuse.

MADAME

Tu ne me connais pas encore. Jusqu'à présent, vous avez vu, ta sœur et toi, une femme entourée de soins et de tendresse, se préoccuper de ses tisanes et de ses dentelles, mais depuis longtemps je viens d'abandonner mes manies. Je suis forte. Et prête pour la lutte. D'ailleurs, Monsieur ne risque pas l'échafaud. Mais il est bien que je m'élève à ce même niveau. J'ai besoin de cette exaltation pour penser plus vite. Et besoin de cette vitesse pour regarder mieux. Grâce à quoi je percerai peut-être cette atmosphère d'inquiétude où je m'avance depuis ce matin. Grâce à quoi je devinerai peut-être ce qu'est cette police infernale disposant chez moi d'espions mystérieux.

SOLANGE

Il ne faut pas s'affoler. J'ai vu acquitter des cas plus graves. Aux assises d'Aix-en-Provence...

MADAME

Des cas plus graves? Que sais-tu de son cas?

SOLANGE

Moi? Rien. C'est d'après ce qu'en dit Madame. J'estime que ce ne peut être qu'une affaire sans danger...

MADAME

Tu bafouilles. Et que sais-tu des acquittements? Tu fréquentes les Assises, toi?

SOLANGE

Je lis les comptes rendus. Je vous parle d'un homme qui avait commis quelque chose de pire. Enfin...

MADAME

Le cas de Monsieur est incomparable. On l'accuse de vols idiots. Tu es satisfaite? De vols! Idiots! Idiots comme les lettres de dénonciation qui l'ont fait arrêter.

SOLANGE

Madame devrait se reposer.

MADAME

Je ne suis pas lasse. Cessez de me traiter comme une impotente. A partir d'aujourd'hui, je ne suis plus la maîtresse qui vous permettait de conseiller et d'entretenir sa paresse. Ce n'est pas moi qu'il faut plaindre. Vos gémissements me seraient insupportables. Votre gentillesse m'agace. Elle m'accable. Elle m'étouffe. Votre gentillesse qui depuis des années n'a jamais vraiment pu devenir affectueuse. Et ces fleurs qui sont là pour fêter juste le contraire d'une noce! Il vous manquait de faire du feu pour me chauffer! Est-ce qu'il y a du feu dans sa cellule?

SOLANGE

Il n'y a pas de feu, madame. Et si Madame veut dire que nous manquons de discrétion...

MADAME

Mais je ne veux rien dire de pareil.

SOLANGE

Madame désire voir les comptes de la journée?

MADAME

En effet! Tu es inconsciente! Crois-tu que j'aie la tête aux chiffres? Mais enfin, Solange, me mépriserais-tu assez que tu me refuses toute délicatesse? Parler de chiffres, de livres de comptes, de recettes de cuisine, d'office et de bas office, quand j'ai le désir de rester seule avec mon chagrin! Convoque les fournisseurs pendant que tu y es!

SOLANGE

Nous comprenons le chagrin de Madame!

MADAME

Non que je veuille tendre de noir l'appartement, mais enfin...

SOLANGE, *rangeant l'étole de fourrure.*

La doublure est déchirée. Je la donnerai au
fourreur demain.

MADAME

Si tu veux. Encore que ce ne soit guère la
peine. Maintenant j'abandonne mes toilettes.
D'ailleurs je suis une vieille femme. N'est-ce
pas, Solange, que je suis une vieille femme?

SOLANGE

Les idées noires qui reviennent.

MADAME

J'ai des idées de deuil, ne t'en étonne pas.
Comment songer à mes toilettes et à mes
fourrures quand Monsieur est en prison? Si
l'appartement vous paraît trop triste...

SOLANGE

Oh! Madame...

MADAME

Vous n'avez aucune raison de partager mon malheur, je vous l'accorde.

SOLANGE

Nous n'abandonnerons jamais Madame. Après tout ce que Madame a fait pour nous.

MADAME

Je le sais, Solange. Étiez-vous très malheureuses?

SOLANGE

Oh!

MADAME

Vous êtes un peu mes filles. Avec vous la vie me sera moins triste. Nous partirons pour la campagne. Vous aurez les fleurs du jardin. Mais vous n'aimez pas les jeux. Vous êtes jeunes et vous ne riez jamais. A la campagne vous serez tranquilles. Je vous dorloterai. Et plus tard; je vous laisserai tout ce que j'ai. D'ailleurs, que vous manque-t-il? Rien qu'avec mes anciennes robes vous pourriez être vêtues comme des princesses. Et mes robes... *(Elle va à l'armoire*

et regarde ses robes.) A quoi serviraient-elles.
J'abandonne la vie élégante.

> *Entre Claire, portant le tilleul.*

CLAIRE

Le tilleul est prêt.

MADAME

Adieu les bals, les soirées, le théâtre. C'est
vous qui hériterez de tout cela.

CLAIRE, *sèche.*

Que Madame conserve ses toilettes.

MADAME, *sursautant.*

Comment?

CLAIRE, *calme.*

Madame devra même en commander de plus
belles.

MADAME

Comment courrais-je les couturiers? Je viens
de l'expliquer à ta sœur : il me faudra une
toilette noire pour mes visites au parloir. Mais
de là...

CLAIRE

Madame sera très élégante. Son chagrin lui donnera de nouveaux prétextes.

MADAME

Hein? Tu as sans doute raison. Je continuerai à m'habiller pour Monsieur. Mais il faudra que j'invente le deuil de l'exil de Monsieur. Je le porterai plus somptueux que celui de sa mort. J'aurai de nouvelles et de plus belles toilettes. Et vous m'aiderez en portant mes vieilles robes. En vous les donnant, j'attirerai peut-être la clémence sur Monsieur. On ne sait jamais.

CLAIRE

Mais, madame...

SOLANGE

Le tilleul est prêt, madame.

MADAME

Pose-le. Je le boirai tout à l'heure. Vous aurez mes robes. Je vous donne tout.

CLAIRE

Jamais nous ne pourrons remplacer Madame.

Si Madame connaissait nos précautions pour arranger ses toilettes! L'armoire de Madame, c'est pour nous comme la chapelle de la Sainte Vierge. Quand nous l'ouvrons...

SOLANGE, *sèche.*

Le tilleul va refroidir.

CLAIRE

Nous l'ouvrons à deux battants, nos jours de fête. Nous pouvons à peine regarder les robes, nous n'avons pas le droit. L'armoire de Madame est sacrée. C'est sa grande penderie!

SOLANGE

Vous bavardez et vous fatiguez Madame.

MADAME

C'est fini. *(Elle caresse la robe de velours rouge.)* Ma belle « Fascination ». La plus belle. Pauvre belle. C'est Lanvin qui l'avait dessinée pour moi. Spécialement. Tiens! Je vous la donne. Je t'en fais cadeau, Claire!

> *Elle la donne à Claire et cherche dans l'armoire.*

CLAIRE

Oh! Madame me la donne vraiment?

MADAME, *souriant suavement.*

Bien sûr. Puisque je te le dis.

SOLANGE

Madame est trop bonne. *(A Claire.)* Vous pouvez remercier Madame. Depuis le temps que vous l'admiriez.

CLAIRE

Jamais je n'oserai la mettre. Elle est si belle.

MADAME

Tu pourras la faire retailler. Dans la traîne seulement il y a le velours des manches. Elle sera très chaude. Telles que je vous connais, je sais qu'il vous faut des étoffes solides. Et toi, Solange, qu'est-ce que je peux te donner? Je vais te donner... Tiens, mes renards.

> *Elle les prend, les pose sur le fauteuil au centre.*

CLAIRE

Oh! le manteau de parade!

MADAME

Quelle parade?

SOLANGE

Claire veut dire que Madame ne le mettait qu'aux grandes occasions.

MADAME

Pas du tout. Enfin. Vous avez de la chance qu'on vous donne des robes. Moi, si j'en veux, je dois les acheter. Mais j'en commanderai de plus riches afin que le deuil de Monsieur soit plus magnifiquement conduit.

CLAIRE

Madame est belle!

MADAME

Non, non, ne me remerciez pas. Il est si agréable de faire des heureux autour de soi. Quand je ne songe qu'à faire du bien! Qui peut être assez méchant pour me punir. Et me punir de quoi? Je me croyais si bien protégée de la vie, si bien protégée par votre dévouement. Si bien protégée par Monsieur. Et toute cette coalition d'amitiés n'aura pas réussi une barri-

cade assez haute contre le désespoir. Je suis
désespérée! Des lettres! Des lettres que je suis
seule à connaître. Solange?

SOLANGE, *saluant sa sœur.*

Oui, madame.

MADAME, *apparaissant.*

Quoi? Oh! tu fais des révérences à Claire?
Comme c'est drôle! Je vous croyais moins
disposées à la plaisanterie.

CLAIRE

Le tilleul, madame.

MADAME

Solange, je t'appelais pour te demander...
Tiens, qui a encore dérangé la clé du secrétaire?... pour te demander ton avis. Qui a pu
envoyer ces lettres? Aucune idée, naturellement. Vous êtes comme moi, aussi éberluées.
Mais la lumière sera faite, mes petites. Monsieur saura débrouiller le mystère. Je veux
qu'on analyse l'écriture et qu'on sache qui a pu
mettre au point une pareille machination. Le
récepteur... Qui a encore décroché le récepteur
et pourquoi? On a téléphoné?

Silence.

CLAIRE

C'est moi. C'est quand Monsieur...

MADAME

Monsieur? Quel monsieur? *(Claire se tait.)*
Parlez!

SOLANGE

Quand Monsieur a téléphoné.

MADAME

De prison? Monsieur a téléphoné de prison?

CLAIRE

Nous voulions faire une surprise à Madame.

SOLANGE

Monsieur est en liberté provisoire.

CLAIRE

Il attend Madame au *Bilboquet*.

SOLANGE

Oh! si Madame savait!

CLAIRE

Madame ne nous pardonnera jamais.

MADAME, *se levant.*

Et vous ne disiez rien! Une voiture. Solange, vite, vite, une voiture. Mais dépêchez-toi. *(Le lapsus est supposé.)* Cours, voyons. *(Elle pousse Solange hors de la chambre.)* Mes fourrures! Mais plus vite! Vous êtes folles. Ou c'est moi qui le deviens. *(Elle met son manteau de fourrure. A Claire.)* Quand a-t-il téléphoné?

CLAIRE, *d'une voix blanche.*

Cinq minutes avant le retour de Madame.

MADAME

Il fallait me parler. Et ce tilleul qui est froid. Jamais je ne pourrai attendre le retour de Solange. Oh! qu'est-ce qu'il a dit?

CLAIRE

Ce que je viens de dire. Il était très calme.

MADAME

Lui, toujours. Sa condamnation à mort le laisserait insensible. C'est une nature. Ensuite?

CLAIRE

Rien. Il a dit que le juge le laissait en liberté.

MADAME

Comment peut-on sortir du Palais de Justice
à minuit? Les juges travaillent si tard?

CLAIRE

Quelquefois beaucoup plus tard.

MADAME

Beaucoup plus tard? Mais, comment le sais-
tu?

CLAIRE

Je suis au courant, Je lis *Détective*.

MADAME, *étonnée.*

Ah! oui? Tiens, comme c'est curieux. Tu es
vraiment une drôle de fille, Claire. *(Elle regarde
son bracelet-montre.)* Elle pourrait se dépêcher.
(Un long silence.) Tu n'oublieras pas de faire
recoudre la doublure de mon manteau.

CLAIRE

Je le porterai demain au fourreur.

Long silence.

MADAME

Et les comptes? Les comptes de la journée.
J'ai le temps. Montre-les-moi.

CLAIRE

C'est Solange qui s'en occupe.

MADAME

C'est juste. D'ailleurs j'ai la tête à l'envers,
je les verrai demain. *(Regardant Claire.)*
Approche un peu! Approche! Mais... tu es
fardée! *(Riant.)* Mais Claire, mais tu te fardes!

CLAIRE, *très gênée.*

Madame...

MADAME

Ah! ne mens pas! D'ailleurs tu as raison. Vis,
ma fille, ris. C'est en l'honneur de qui? Avoue.

CLAIRE

J'ai mis un peu de poudre.

MADAME

Ce n'est pas de la poudre, c'est du fard, c'est de la « cendre de roses », un vieux rouge dont je ne me sers plus. Tu as raison. Tu es encore jeune, embellis-toi, ma fille. Arrange-toi. *(Elle lui met une fleur dans les cheveux. Elle regarde son bracelet-montre.)* Que fait-elle? Il est minuit et elle ne revient pas!

CLAIRE

Les taxis sont rares. Elle a dû courir en chercher jusqu'à la station.

MADAME

Tu crois? Je ne me rends pas compte du temps. Le bonheur m'affole. Monsieur téléphonant qu'il est libre et à une heure pareille!

CLAIRE

Madame devrait s'asseoir. Je vais réchauffer le tilleul.

Elle va pour sortir.

MADAME

Mais non, je n'ai pas soif. Cette nuit, c'est du

champagne que nous allons boire. Nous ne rentrerons pas.

CLAIRE

Vraiment un peu de tilleul...

MADAME, *riant*.

Je suis déjà trop énervée.

CLAIRE

Justement.

MADAME

Vous ne nous attendrez pas, surtout, Solange et toi. Montez vous coucher tout de suite. *(Soudain elle voit le réveil.)* Mais... ce réveil. Qu'est-ce qu'il fait là? D'où vient-il?

CLAIRE, *très gênée*.

Le réveil? C'est le réveil de la cuisine.

MADAME

Ça? Je ne l'ai jamais vu.

CLAIRE, *elle prend le réveil*.

Il était sur l'étagère. Il y est depuis toujours.

MADAME, *souriante.*

Il est vrai que la cuisine m'est un peu étrangère. Vous y êtes chez vous. C'est votre domaine. Vous en êtes les souveraines. Je me demande pourquoi vous l'avez apporté ici ?

CLAIRE

C'est Solange pour le ménage. Elle n'ose jamais se fier à la pendule.

MADAME, *souriante.*

Elle est l'exactitude même. Je suis servie par les servantes les plus fidèles.

CLAIRE

Nous adorons Madame.

MADAME, *se dirigeant vers la fenêtre.*

Et vous avez raison. Que n'ai-je pas fait pour vous ?

Elle sort.

CLAIRE, *seule, avec amertume.*

Madame nous a vêtues comme des princesses. Madame a soigné Claire ou Solange, car Madame nous confondait toujours. Madame nous enveloppait de sa bonté. Madame nous permettait d'habiter ensemble ma sœur et moi. Elle nous donnait les petits objets dont elle ne se sert plus. Elle supporte que le dimanche nous allions à la messe et nous placions sur un prie-Dieu près du sien.

VOIX DE MADAME, *en coulisse.*

Écoute! Écoute!

CLAIRE

Elle accepte l'eau bénite que nous lui tendons et parfois, du bout de son gant, elle nous en offre!

VOIX DE MADAME, *en coulisse.*

Le taxi! Elle arrive. Hein? Que dis-tu?

CLAIRE, *très fort.*

Je me récite les bontés de Madame.

MADAME, *elle rentre, souriante.*

Que d'honneurs! Que d'honneurs... et de négligence. *(Elle passe la main sur le meuble.)* Vous les chargez de roses mais n'essuyez pas les meubles.

CLAIRE

Madame n'est pas satisfaite du service?

MADAME

Mais très heureuse, Claire. Et je pars!

CLAIRE

Madame prendra un peu de tilleul, même s'il est froid.

MADAME, *riant, se penche sur elle.*

Tu veux me tuer avec ton tilleul, tes fleurs, tes recommandations. Ce soir...

CLAIRE, *implorant.*

Un peu seulement...

MADAME

Ce soir je boirai du champagne. *(Elle va vers le plateau de tilleul. Claire remonte lentement vers le tilleul.)* Du tilleul! Versé dans le service de gala! Et pour quelle solennité!

CLAIRE

Madame...

MADAME

Enlevez ces fleurs. Emportez-les chez vous. Reposez-vous. *(Tournée comme pour sortir.)* Monsieur est libre! Claire! Monsieur est libre et je vais le rejoindre.

CLAIRE

Madame.

MADAME

Madame s'échappe! Emportez-moi ces fleurs!
La porte claque derrière elle.

CLAIRE, *restée seule.*

Car Madame est bonne! Madame est belle! Madame est douce! Mais nous ne sommes pas des ingrates, et tous les soirs dans notre mansarde, comme l'a bien ordonné Madame, nous prions pour elle. Jamais nous n'élevons la voix et devant elle nous n'osons même pas nous tutoyer. Ainsi Madame nous tue avec sa douceur! Avec sa bonté, Madame nous empoisonne. Car Madame est bonne! Madame est belle! Madame est douce! Elle nous permet un bain chaque dimanche et dans sa baignoire. Elle nous tend quelquefois une dragée. Elle nous

comble de fleurs fanées. Madame prépare nos
tisanes. Madame nous parle de Monsieur à nous
en faire chavirer. Car Madame est bonne!
Madame est belle! Madame est douce!

SOLANGE, *qui vient de rentrer.*

Elle n'a pas bu? Évidemment. Il fallait s'y
attendre. Tu as bien travaillé.

CLAIRE

J'aurais voulu t'y voir.

SOLANGE

Tu pouvais te moquer de moi. Madame
s'échappe. Madame nous échappe, Claire!
Comment pouvais-tu la laisser fuir? Elle va
revoir Monsieur et tout comprendre. Nous
sommes perdues.

CLAIRE

Ne m'accable pas. J'ai versé le gardénal dans
le tilleul, elle n'a pas voulu le boire et c'est ma
faute...

SOLANGE

Comme toujours!

CLAIRE

... car ta gorge brûlait d'annoncer la levée d'écrou de Monsieur.

SOLANGE

La phrase a commencé sur ta bouche...

CLAIRE

Elle s'est achevée sur la tienne.

SOLANGE

J'ai fait ce que j'ai pu. J'ai voulu retenir les mots... Ah! mais ne renverse pas les accusations. J'ai travaillé pour que tout réussisse. Pour te donner le temps de tout préparer j'ai descendu l'escalier le plus lentement possible, j'ai passé par les rues les moins fréquentées, j'y trouvais des nuées de taxis. Je ne pouvais plus les éviter. Je crois que j'en ai arrêté un sans m'en rendre compte. Et pendant que j'étirais le temps, toi, tu perdais tout? Tu lâchais Madame. Il ne nous reste plus qu'à fuir. Emportons nos effets... sauvons-nous...

CLAIRE

Toutes les ruses étaient inutiles. Nous sommes maudites.

SOLANGE

Maudites! Tu vas recommencer tes sottises.

CLAIRE

Tu sais ce que je veux dire. Tu sais bien que les objets nous abandonnent.

SOLANGE

Les objets ne s'occupent pas de nous!

CLAIRE

Ils ne font que cela. Ils nous trahissent. Et il faut que nous soyons de bien grands coupables pour qu'ils nous accusent avec un tel acharnement. Je les ai vus sur le point de tout dévoiler à Madame. Après le téléphone c'était à nos lèvres de nous trahir. Tu n'as pas, comme moi, assisté à toutes les découvertes de Madame. Car je l'ai vue marcher vers la révélation. Elle n'a rien compris mais elle brûle.

SOLANGE

Tu l'as laissée partir!

CLAIRE

J'ai vu Madame, Solange, je l'ai vue découvrir le réveil de la cuisine que nous avions oublié de remettre à sa place, découvrir la poudre sur la coiffeuse, découvrir le fard mal essuyé de mes joues, découvrir que nous lisions *Détective*. Nous découvrir de plus en plus et j'étais seule pour supporter tous ces chocs, seule pour nous voir tomber!

SOLANGE

Il faut partir. Emportons nos fringues. Vite, vite, Claire... Prenons le train... le bateau...

CLAIRE

Partir où? Rejoindre qui? Je n'aurais pas la force de porter une valise.

SOLANGE

Partons. Allons n'importe où! Avec n'importe quoi.

CLAIRE

Où irions-nous? Que ferions-nous pour vivre. Nous sommes pauvres!

SOLANGE, *regardant autour d'elle.*

Claire, emportons... emportons...

CLAIRE

L'argent? Je ne le permettrais pas. Nous ne sommes pas des voleuses. La police nous aurait vite retrouvées. Et l'argent nous dénoncerait. Depuis que j'ai vu les objets nous dévoiler l'un après l'autre, j'ai peur d'eux, Solange. La moindre erreur peut nous livrer.

SOLANGE

Au diable! Que tout aille au diable. Il faudra bien qu'on trouve le moyen de s'évader.

CLAIRE

Nous avons perdu... C'est trop tard.

SOLANGE

Tu ne crois pas que nous allons rester comme cela, dans l'angoisse. Ils rentreront demain, tous les deux. Ils sauront d'où venaient les lettres. Ils sauront tout! Tout! Tu n'as donc pas vu comme elle étincelait! Sa démarche dans l'escalier! Sa démarche victorieuse! Son bonheur atroce? Toute sa joie sera faite de notre honte. Son triomphe c'est le rouge de notre honte! Sa robe c'est le rouge de notre honte! Ses fourrures... Ah! elle a repris ses fourrures!

CLAIRE

Je suis si lasse!

SOLANGE

Il est bien temps de vous plaindre. Votre délicatesse se montre au beau moment.

CLAIRE

Trop lasse!

SOLANGE

Il est évident que des bonnes sont coupables quand Madame est innocente. Il est si simple d'être innocent, madame! Mais moi si je m'étais chargée de votre exécution je jure que je l'aurais conduite jusqu'au bout!

CLAIRE

Mais Solange...

SOLANGE

Jusqu'au bout! Ce tilleul empoisonné, ce tilleul que vous osiez me refuser de boire, j'aurais desserré vos mâchoires pour vous forcer à l'avaler! Me refuser de mourir, vous! Quand j'étais prête à vous le demander à genoux, les mains jointes et baisant votre robe!

CLAIRE

Il n'était pas aussi facile d'en venir à bout!

SOLANGE

Vous croyez? J'aurais su vous rendre la vie impossible. Et je vous aurais contrainte à venir me supplier de vous offrir ce poison, que je vous aurais peut-être refusé. De toute façon, la vie vous serait devenue intolérable.

CLAIRE

Claire ou Solange, vous m'irritez — car je vous confonds, Claire ou Solange, vous m'irritez et me portez vers la colère. Car c'est vous que j'accuse de tous nos malheurs.

SOLANGE

Osez le répéter.

4

*Elle met sa robe blanche face au public,
par-dessus sa petite robe noire.*

CLAIRE

Je vous accuse d'être coupable du plus
effroyable des crimes.

SOLANGE

Vous êtes folle! ou ivre. Car il n'y a pas de
crime, Claire, je te défie de nous accuser d'un
crime précis.

CLAIRE

Nous l'inventerons donc, car... Vous vouliez
m'insulter! Ne vous gênez pas! Crachez-moi à
la face! Couvrez-moi de boue et d'ordures.

SOLANGE, *se retournant et voyant Claire
dans la robe de Madame.*

Vous êtes belle!

CLAIRE

Passez sur les formalités du début. Il y a
longtemps que vous avez rendu inutiles les
mensonges, les hésitations qui conduisent à la
métamorphose! Presse-toi! Presse-toi. Je n'en
peux plus des hontes et des humiliations. Le

monde peut nous écouter, sourire, hausser les épaules, nous traiter de folles et d'envieuses, je frémis, je frissonne de plaisir, Claire, je vais hennir de joie!

SOLANGE

Vous êtes belle!

CLAIRE

Commence les insultes.

SOLANGE

Vous êtes belle.

CLAIRE

Passons. Passons le prélude. Aux insultes.

SOLANGE

Vous m'éblouissez. Je ne pourrai jamais.

CLAIRE

J'ai dit les insultes. Vous n'espérez pas m'avoir fait revêtir cette robe pour m'entendre chanter ma beauté. Couvrez-moi de haine! D'insultes! De crachats!

SOLANGE

Aidez-moi.

CLAIRE

Je hais les domestiques. J'en hais l'espèce odieuse et vile. Les domestiques n'appartiennent pas à l'humanité. Ils coulent. Ils sont une exhalaison qui traîne dans nos chambres, dans nos corridors, qui nous pénètre, nous entre par la bouche, qui nous corrompt. Moi, je vous vomis. *(Mouvement de Solange pour aller à la fenêtre.)* Reste ici.

SOLANGE

Je monte, je monte...

CLAIRE, *parlant toujours des domestiques.*

Je sais qu'il en faut comme il faut des fossoyeurs, des vidangeurs, des policiers. N'empêche que tout ce beau monde est fétide.

SOLANGE

Continuez. Continuez.

CLAIRE

Vos gueules d'épouvante et de remords, vos

coudes plissés, vos corsages démodés, vos corps pour porter nos défroques. Vous êtes nos miroirs déformants, notre soupape, notre honte, notre lie.

SOLANGE

Continuez. Continuez.

CLAIRE

Je suis au bord, presse-toi, je t'en prie. Vous êtes... vous êtes... Mon Dieu, je suis vide, je ne trouve plus. Je suis à bout d'insultes. Claire, vous m'épuisez!

SOLANGE

Laissez-moi sortir. Nous allons parler au monde. Qu'il se mette aux fenêtres pour nous voir, il faut qu'il nous écoute.

> *Elle ouvre la fenêtre, mais Claire la tire dans la chambre.*

CLAIRE

Les gens d'en face vont nous voir.

SOLANGE, *déjà sur le balcon.*

J'espère bien. Il fait bon. Le vent m'exalte!

CLAIRE

Solange! Solange! Reste avec moi, rentre!

SOLANGE

Je suis au niveau. Madame avait pour elle son chant de tourterelle, ses amants, son laitier.

CLAIRE

Solange...

SOLANGE

Silence! Son laitier matinal, son messager de l'aube, son tocsin délicieux, son maître pâle et charmant, c'est fini. En place pour le bal.

CLAIRE

Qu'est-ce que tu fais?

SOLANGE, *solennelle.*

J'en interromps le cours. A genoux!

CLAIRE

Tu vas trop loin!

SOLANGE

A genoux! puisque je sais à quoi je suis destinée.

CLAIRE

Vous me tuez!

SOLANGE, *allant sur elle.*

Je l'espère bien. Mon désespoir me fait indomptable. Je suis capable de tout. Ah! nous étions maudites!

CLAIRE

Tais-toi.

SOLANGE

Vous n'aurez pas à aller jusqu'au crime.

CLAIRE

Solange!

SOLANGE

Ne bougez pas! Que Madame m'écoute. Vous avez permis qu'elle s'échappe. Vous! Ah! quel dommage que je ne puisse lui dire toute ma haine! que je ne puisse lui raconter toutes nos grimaces. Mais, toi si lâche, si sotte, tu l'as laissée s'enfuir. En ce moment, elle sable le champagne! Ne bougez pas! Ne bougez pas! La mort est présente et nous guette!

CLAIRE

Laisse-moi sortir.

SOLANGE

Ne bougez pas. Je vais avec vous peut-être découvrir le moyen le plus simple, et le courage, madame, de délivrer ma sœur et du même coup me conduire à la mort.

CLAIRE

Que vas-tu faire? Où tout cela nous mène-t-il?

SOLANGE, *c'est un ordre.*

Je t'en prie, Claire, réponds-moi.

CLAIRE

Solange, arrêtons-nous. Je n'en peux plus. Laisse-moi.

SOLANGE

Je continuerai, seule, seule, ma chère. Ne bougez pas. Quand vous aviez de si merveilleux moyens, il était impossible que Madame s'en échappât. *(Marchant sur Claire.)* Et cette fois, je veux en finir avec une fille aussi lâche.

CLAIRE

Solange! Solange! Au secours!

SOLANGE

Hurlez si vous voulez! Poussez même votre dernier cri, madame! *(Elle pousse Claire qui reste accroupie dans un coin.)* Enfin! Madame est morte! étendue sur le linoléum... étranglée par les gants de la vaisselle. Madame peut rester assise! Madame peut m'appeler mademoiselle Solange. Justement. C'est à cause de ce que j'ai fait. Madame et Monsieur m'appelleront mademoiselle Solange Lemercier... Madame aurait dû enlever cette robe noire, c'est grotesque. *(Elle imite la voix de Madame.)* M'en voici réduite à porter le deuil de ma bonne. A la sortie du cimetière, tous les domestiques du quartier défilaient devant moi comme si j'eusse été de la famille. J'ai si souvent prétendu qu'elle faisait partie de la famille. La morte aura poussé jusqu'au bout la plaisanterie. Oh! Madame... Je suis l'égale de Madame et je marche la tête haute... *(Elle rit).* Non, monsieur l'Inspecteur, non... Vous ne saurez rien de mon travail. Rien de notre travail en commun. Rien de notre collaboration à ce meurtre... Les robes? Oh!

Madame peut les garder. Ma sœur et moi nous
avions les nôtres. Celles que nous mettions la
nuit en cachette. Maintenant, j'ai ma robe et je
suis votre égale. Je porte la toilette rouge des
criminelles. Je fais rire Monsieur? Je fais
sourire Monsieur? Il me croit folle. Il pense que
les bonnes doivent avoir assez bon goût pour ne
pas accomplir de gestes réservés à Madame!
Vraiment il me pardonne? Il est la bonté même.
Il veut lutter de grandeur avec moi. Mais j'ai
conquis la plus sauvage... Madame s'aperçoit de
ma solitude! Enfin! Maintenant je suis seule.
Effrayante. Je pourrais vous parler avec cruauté,
mais je peux être bonne... Madame se remettra
de sa peur. Elle s'en remettra très bien. Parmi
ses fleurs, ses parfums, ses robes. Cette robe
blanche que vous portiez le soir au bal de
l'Opéra. Cette robe blanche que je lui interdis
toujours. Et parmi ses bijoux, ses amants. Moi,
j'ai ma sœur. Oui, j'ose en parler. J'ose,
madame. Je peux tout oser. Et qui, qui pourrait
me faire taire? Qui aurait le courage de me
dire : « Ma fille? » J'ai servi. J'ai eu les gestes
qu'il faut pour servir. J'ai souri à Madame. Je
me suis penchée pour faire le lit, penchée pour
laver le carreau, penchée pour éplucher les
légumes, pour écouter aux portes, coller mon

œil aux serrures. Mais maintenant, je reste
droite. Et solide. Je suis l'étrangleuse. Mademoiselle Solange, celle qui étrangla sa sœur! Me
taire? Madame est délicate vraiment. Mais j'ai
pitié de Madame. J'ai pitié de la blancheur de
Madame, de sa peau satinée, de ses petites
oreilles, de ses petits poignets... Je suis la poule
noire, j'ai mes juges. J'appartiens à la police,
Claire? Elle aimait vraiment beaucoup, beaucoup, Madame!... Non, monsieur l'Inspecteur,
je n'expliquerai rien devant eux. Ces choses-là
ne regardent que nous... Cela, ma petite, c'est
notre nuit à nous! *(Elle allume une cigarette et
fume d'une façon maladroite. La fumée la fait
tousser.)* Ni vous ni personne ne saurez rien,
sauf que cette fois Solange est allée jusqu'au
bout. Vous la voyez vêtue de rouge. Elle va
sortir.

> *Solange se dirige vers la fenêtre, l'ouvre et
> monte sur le balcon. Elle dira, le dos au
> public, face à la nuit, la tirade qui suit. Un
> vent léger fait bouger les rideaux.*

Sortir. Descendre le grand escalier : la police
l'accompagne. Mettez-vous au balcon pour la
voir marcher entre les pénitents noirs. Il est
midi. Elle porte alors une torche de neuf livres.

Le bourreau la suit de près. A l'oreille il lui chuchote des mots d'amour. Le bourreau m'accompagne, Claire! Le bourreau m'accompagne! *(Elle rit.)* Elle sera conduite en cortège par toutes les bonnes du quartier, par tous les domestiques qui ont accompagné Claire à sa dernière demeure. *(Elle regarde dehors.)* On porte des couronnes, des fleurs, des oriflammes, des banderoles, on sonne le glas. L'enterrement déroule sa pompe. Il est beau, n'est-ce pas? Viennent d'abord les maîtres d'hôtel, en frac, sans revers de soie. Ils portent leurs couronnes. Viennent ensuite les valets de pied, les laquais en culottes courte et bas blancs. Ils portent leurs couronnes. Viennent ensuite les valets de chambre, puis les femmes de chambre portant nos couleurs. Viennent les concierges, viennent encore les délégations du ciel. Et je les conduis. Le bourreau me berce. On m'acclame. Je suis pâle et je vais mourir.

Elle rentre.

Que de fleurs! On lui a fait un bel enterrement, n'est-ce pas? Claire! *(Elle éclate en sanglots et s'effondre dans un fauteuil... Elle se relève.)* Inutile, madame, j'obéis à la police. Elle seule me comprend. Elle aussi appartient au monde des réprouvés.

Accoudée au chambranle de la porte de la cuisine, depuis un moment, Claire, visible seulement du public, écoute sa sœur.

Maintenant, nous sommes mademoiselle Solange Lemercier. La femme Lemercier. La Lemercier. La fameuse criminelle. *(Lasse.)* Claire, nous sommes perdues.

CLAIRE, *dolente, voix de Madame.*

Fermez la fenêtre et tirez les rideaux. Bien.

SOLANGE

Il est tard. Tout le monde est couché. Ne continuons pas.

CLAIRE, *elle fait de la main le geste du silence.*

Claire, vous verserez mon tilleul.

SOLANGE

Mais...

CLAIRE

Je dis mon tilleul.

SOLANGE

Nous sommes mortes de fatigue. Il faut cesser.

Elle s'assoit dans le fauteuil.

CLAIRE

Ah! Mais non! Vous croyez, ma bonne, vous en tirer à bon compte! Il serait trop facile de comploter avec le vent de faire de la nuit sa complice.

SOLANGE

Mais...

CLAIRE

Ne discute pas. C'est à moi de disposer en ces dernières minutes. Solange, tu me garderas en toi.

SOLANGE

Mais non! Mais non! Tu es folle. Nous allons partir! Vite, Claire. Ne restons pas. L'appartement est empoisonné.

CLAIRE

Reste.

SOLANGE

Claire, tu ne vois donc pas comme je suis faible? Comme je suis pâle?

CLAIRE

Tu es lâche. Obéis-moi. Nous sommes tout au bord. Solange. Nous irons jusqu'à la fin. Tu seras seule pour vivre nos deux existences. Il te faudra beaucoup de force. Personne ne saura au bagne que je t'accompagne en cachette. Et surtout, quand tu seras condamnée, n'oublie pas que tu me portes en toi. Précieusement. Nous serons belles, libres et joyeuses, Solange, nous n'avons plus une minute à perdre. Répète avec moi...

SOLANGE

Parle, mais tout bas.

CLAIRE, *mécanique*.

Madame devra prendre son tilleul.

SOLANGE, *dure*.

Non, je ne veux pas.

CLAIRE, *la tenant par les poignets.*

Garce! répète. Madame prendra son tilleul.

SOLANGE

Madame prendra son tilleul...

CLAIRE

Car il faut qu'elle dorme...

SOLANGE

Car il faut qu'elle dorme...

CLAIRE

Et que je veille.

SOLANGE

Et que je veille.

CLAIRE, *elle se couche
sur le lit de Madame.*

Je répète. Ne m'interromps plus. Tu m'écoutes? Tu m'obéis? *(Solange fait oui de la tête.)* Je répète! mon tilleul!

SOLANGE, *hésitant.*

Mais...

CLAIRE

Je dis ! mon tilleul.

SOLANGE

Mais, madame...

CLAIRE

Bien. Continue.

SOLANGE

Mais, madame, il est froid.

CLAIRE

Je le boirai quand même. Donne.

Solange apporte le plateau.

Et tu l'as versé dans le service le plus riche, le plus précieux...

Elle prend la tasse et boit cependant que Solange, face au public, reste immobile, les mains croisées comme par des menottes.

RIDEAU

Comment jouer « Les Bonnes ».   7

Les Bonnes.   13

DU MÊME AUTEUR

Aux Éditions Gallimard

HAUTE SURVEILLANCE

LETTRES À ROGER BLIN

JOURNAL DU VOLEUR

UN CAPTIF AMOUREUX

ŒUVRES COMPLÈTES

I. J.-P. Sartre : Saint Genet, comédien et martyr

II. Notre-Dame-des-Fleurs – Le Condamné à Mort
Miracle de la Rose – Un Chant d'Amour

III. Pompes funèbres – Le Pêcheur du Suquet – Querelle de Brest

IV. L'Étrange mot d'... – Ce qui est resté d'un Rembrandt déchiré en petits
carrés... – Le Balcon – Les Bonnes – Haute surveillance
Lettres à Roger Blin – Comment jouer « Les Bonnes »
Comment jouer « Le Balcon »

V. Le Funambule – Le Secret de Rembrandt
L'Atelier d'Alberto Giacometti – Les Nègres
Les Paravents – L'Enfant criminel

Ensuite, collection Folio

JOURNAL DU VOLEUR

NOTRE-DAME-DES-FLEURS

MIRACLE DE LA ROSE

LES BONNES

LE BALCON

LES NÈGRES

LES PARAVENTS

Collection L'Imaginaire, enfin :

POMPES FUNÈBRES

QUERELLE DE BREST

COLLECTION FOLIO

Dernières parutions

2251.	Maurice Denuzière	*L'amour flou.*
2252.	Vladimir Nabokov	*Feu pâle.*
2253.	Patrick Modiano	*Vestiaire de l'enfance.*
2254.	Ghislaine Dunant	*L'impudeur.*
2255.	Christa Wolf	*Trame d'enfance.*
2256.	***	*Les Mille et une Nuits, tome I.*
2257.	***	*Les Mille et une Nuits, tome II.*
2258.	Leslie Kaplan	*Le pont de Brooklyn.*
2259.	Richard Jorif	*Le burelain.*
2260.	Thierry Vila	*La procession des pierres.*
2261.	Ernst Weiss	*Le témoin oculaire.*
2262.	John Le Carré	*La Maison Russie.*
2263.	Boris Schreiber	*Le lait de la nuit.*
2264.	J. M. G. Le Clézio	*Printemps et autres saisons.*
2265.	Michel del Castillo	*Mort d'un poète.*
2266.	David Goodis	*Cauchemar.*
2267.	Anatole France	*Le Crime de Sylvestre Bonnard.*
2268.	Plantu	*Les cours du caoutchouc sont trop élastiques.*
2269.	Plantu	*Ça manque de femmes!*
2270.	Plantu	*Ouverture en bémol.*
2271.	Plantu	*Pas nette, la planète!*
2272.	Plantu	*Wolfgang, tu feras informatique!*
2273.	Plantu	*Des fourmis dans les jambes.*

2274. Félicien Marceau — *Un oiseau dans le ciel.*
2275. Sempé — *Vaguement compétitif.*
2276. Thomas Bernhard — *Maîtres anciens.*
2277. Patrick Chamoiseau — *Solibo Magnifique.*
2278. Guy de Maupassant — *Toine.*
2279. Philippe Sollers — *Le lys d'or.*
2280. Jean Diwo — *Le génie de la Bastille (Les Dames du Faubourg, III).*
2281. Ray Bradbury — *La solitude est un cercueil de verre.*
2282. Remo Forlani — *Gouttière.*
2283. Jean-Noël Schifano — *Les rendez-vous de Fausta.*
2284. Tommaso Landolfi — *La bière du pecheur.*
2285. Gogol — *Taras Boulba.*
2286. Roger Grenier — *Albert Camus soleil et ombre.*
2287. Myriam Anissimov — *La soie et les cendres.*
2288. François Weyergans — *Je suis écrivain.*
2289. Raymond Chandler — *Charades pour écroulés.*
2290. Michel Tournier — *Le médianoche amoureux.*
2291. C. G. Jung — *" Ma vie " (Souvenirs, rêves et pensées).*
2292. Anne Wiazemsky — *Mon beau navire.*
2293. Philip Roth — *La contrevie.*
2294. Rilke — *Les Carnets de Malte Laurids Brigge.*
2295. Vladimir Nabokov — *La méprise.*
2296. Vladimir Nabokov — *Autres rivages.*
2297. Bertrand Poirot-Delpech — *Le golfe de Gascogne.*
2298. Cami — *Drames de la vie courante.*
2299. Georges Darien — *Gottlieb Krumm (Made in England).*
2300. William Faulkner — *Treize histoires.*
2301. Pascal Quignard — *Les escaliers de Chambord.*
2302. Nathalie Sarraute — *Tu ne t'aimes pas.*
2303. Pietro Citati — *Kafka.*
2304. Jean d'Ormesson — *Garçon de quoi écrire.*
2305. Michel Déon — *Louis XIV par lui-même.*
2306. James Hadley Chase — *Le fin mot de l'histoire.*
2307. Zoé Oldenbourg — *Le procès du rêve.*

2308. Plaute — *Théâtre complet, I.*
2309. Plaute — *Théâtre complet, II.*
2310. Mehdi Charef — *Le harki de Meriem.*
2311. Naguib Mahfouz — *Dérives sur le Nil.*
2312. Nijinsky — *Journal.*
2313. Jorge Amado — *Les terres du bout du monde.*
2314. Jorge Amado — *Suor.*
2315. Hector Bianciotti — *Seules les larmes seront comptées.*
2316. Sylvie Germain — *Jours de colère.*
2317. Pierre Magnan — *L'amant du poivre d'âne.*
2318. Jim Thompson — *Un chouette petit lot.*
2319. Pierre Bourgeade — *L'empire des livres.*
2320. Émile Zola — *La Faute de l'abbé Mouret.*
2321. Serge Gainsbourg — *Mon propre rôle, 1.*
2322. Serge Gainsbourg — *Mon propre rôle, 2.*

Impression Bussière à Saint-Amand (Cher),
le 23 janvier 1992.
Dépôt légal : janvier 1992.
1er dépôt légal dans la collection : novembre 1978.
Numéro d'imprimeur : 3248.
ISBN 2-07-037060-7./Imprimé en France.

54875